歌集

斉唱

岡井　隆

第一歌集文庫
GENDAI
TANKASHA

目次

二つの世界——愛と死を周って　自一九五三年至一九五五年

1

灰黄《かいこう》の枝をひろぐる林みゆ亡びんとする愛恋ひとつ

果肉まで机の脚を群れのぼる蟻を見ながら告げなずみにき

2　ある少女の死

闇の中のすぐそこに甦らせて肋《ろく》なきいびつなる肩を悲しむ

向うからは見抜かれている感情と怖れて去りきその浄さゆえ

あわただしき哀歓に日を夜を経つつ会いたかりけり西北郊の君

清き眼は白き素顔はいまだありと思わせて呉れよ今日一日だに

包ませている花々は匂い立ち又思い到る天使の死とも

*

愛しつつ近づかざりき一年を君の最後の友人として

剝き終えて置く果肉より白かりきそのきよき手の逝くとき如何に

たどたどと君との関わりを明かしつつ遺族の前に花置きて出づ

3

あわあわと今湧いている感情をただ愛とのみ言い切るべしや
遠くから訪れてくる安らぎを待つとしもなし相むかい居て
露の玉幾百の眼《め》のごとく湧くかの窓閉じて眠りしならん

4

何ありて癒ゆる渇きか甲虫《こうちゆう》の一つ番《つが》いを掌《て》に遊ばせて

かろうじて足るよりはやや裕《ゆた》かなる家計のゆえと今も思わず

一時期を党に近づきゆきしかな処女《おとめ》に寄るがごとく息づき

燭の火のほそきを立てて守るごと露語講習の通知手にもつ

うつつには遂に用なき学に拠《よ》り果てし生《いのち》は今日も読むなり

5　茂吉の死

電報を振《よ》じてたたきに立ちつくす蘇りつつ消《け》つつ面かげ

ただ一度となりたる会いも父のへに小さくなりて答えいしのみ

み葬《はふ》りのため行けとも読みき父よりのえにし素直に今は思いつ

6　分教室再訪

仔を連れて樹をめぐる山羊　わが憎む記憶いずくに求むべくして

あとじさり壁に倚《よ》るがのわが姿　陰惨に問いなじりし助手ら

声あげて背中をおこす山羊が見ゆ寄りて嘗てのごとく和まん

口ひらく真冬の木の実くれないに老学生の嘆きこそあれ

やすやすと人を恃まぬにがき心ここに学びて培えりとも

なお残るテストを待ちて寒そうに芝に散りゆく制服の群《むれ》

白々とノート輝く日だまりに学名をよぶ声の若さよ

紛るるなく怯えて思う　一生《ひとよ》の道或いは医学を外《そ》れてしまわん

ただ素直に学びて足れと言うのなら今日さえ死なんと激しかりしを

どの教授にも懇願したくない理由手短かに言いて別れたりき

啼く山羊に指を与えて立つ一人　嘗てのわれをそこに見るごと

文庫本手にして群《むれ》をはなるるを昼の休みの常としたりき

退嬰《たいえい》を許そうとせぬわが前に酸《す》き匂いして牝《め》の山羊坐る

身構えて短き角《つの》をよせくるに実験食餌あてがいて去る

一木一木影をひろぐる石だたみ緬羊迷い来て立ちどまる

くつわして唾液採取を待つ犬の幾十の口窓にむらがる

茫然と塁《るい》をまもれる幾人が窓に見えつつ鳴る午後の鐘

身につきし何があるかと立ちどまる悔いて清まる思いにも遠く

吹かれつつ斜にあがる雲雀らも夜は眠らん見えている原

麦生から近づきてくる雲の影うずくまる山羊を襲うしばしば

啼く声は降るごとくして中空のいずくに揚がる早き雲雀か

雪のこる宵の芝草　見覚えある老丁《ろうてい》出でて山羊をあつむる

7

抱かれて南廊下《みなみろうか》を母歩む盛りの桃の見ゆる窓まで

一日《ひとひ》一日《ひとひ》梢明かるむ桜花常臥《とこふ》す母の視野をうずむる

花々は頭《こうべ》を振りて昏れんとす寝椅子に母の眠りゆくべく

草こえて飛びちがいたる蜜蜂の翅《はね》見えぬまで宙にとどまる

8

鱈の骨嚙みわけながらこの寒波ぎりぎりと母を攻めいるならん

わき夾む今日のノートよ　どろどろと太陽が枯木をのぼつてくる

草に置くわが手のかげに出でて来て飴色の虫嬬《つま》を争う

草の上に甘き会話を少し読む既に蜜蜂も漂わぬかな

午後の日のさすとき部屋に湛えたる悲哀のごときものあふれ去る

9

抱くとき髪に湿りののこりいて美しかりし野の雨を言う

逃げかかる山羊を諭《さと》している童子林檎の核《たね》をはき棄てながら

いつまでも見送りて啼く山羊の仔の草に埋もるる白き輝き

10　小平墓地

うつうつと若葉古《ふ》りたる栗木立　墓にし向う濁りたる魂

立ちはだかるごとく墓標を見おろして甦る受話器の底の叫びの

愛恋には遠き交りの清しきを墓標の下《した》の人は知るべく

純白の花に和《なご》まん希《ねが》いなりき　心の底の底は知らずも

＊

槙《まき》植えて墓標の肩に触れんとすああその枝の重くはないか

小心に愛したと奴《やつ》は言うんですよ　快《こころよ》き誤解とおもうが如何《いか》に

君の死を仲介《なかだち》として深くなる友誼の末もまもり給えな

主治医に向けし批判は徹し給えこの日本の貧しき限り

死にしのちは如何なる憶測も許されてうるさいですよ蔭に日向に

＊

ただ淡い心の起伏　電話かけて会いに出かけた彼《か》の日も今日も

砂《いさご》より帽を拾いてはや思う行きて逢うべき今夜《こよい》の約を

木の墓標いさごを統《す》べて立つあたりこの風景に祈りを呼ばう

11

秘めて来し私行《しこう》のひとつ明かさんと思うまで心狂おしき今

その底に国あるごとき中空の真澄《ますみ》を指して立ちどまりたる

向うむきになりて涙を抑え立つ言葉失わしむるその肩

薄明《はくめい》の空に青葉を吹き上ぐる栗一本が見えて久しき

12

宵闇にまぎれんとする一本《ひともと》が限りなき枝を編みてしずまる
暁《あかつき》の地平を見んとこいねがう今の思いに清きこのひとつ
誤解されし経路もいまはありありと箸使う指の力づき来て
恋々《れんれん》として靡き合う四五本が息《いこ》いなき夜《よ》の果てに見え初《そ》む
逢えば直ぐ表情をして訴うる片手に棘《とげ》をもつと今宵は

駐《とど》まりて道たずねいる乗用車今日の終りに見下していつ
暁闇《ぎようあん》から蘇《よみがえ》りくる街々の音を誌《しる》して眠らんとする

13　一九五三年十二月二十二日のこと

カウンタアに思わず歩み寄りていつ赤間の声は燃ゆるごときに

はや次の事項に移るアナウンス知りて去る一審さながらとのみ

眠らざる夜ののち受けし試問故　かの判決をきき知りし故

署名板胸に支えて呼ぶ声は嗄《か》れ嗄《か》れて速報直後の街に

＊

たかぶりを秘めて重ぬる短き語蒲団ごと君の脚ふるえいる

判決をいかにか聞きしそのラジオ枕辺に今楽を流せり

きらきらと憤怒つつみて言う声の柔きかな長く病めれば

一途にはならぬ怒りに又惑い訊きたくて行く豊島園《としまえん》まで

*

東京の氷雨はその街に雪と降り被告退廷を伝うるラジオ

法廷を降り包む雪をおもうまで谺を曳けり一語一語は

うつうつと裁く言葉の尽きしとき濡れたる傘をわきばさみ居つ

一皿を食いて又行く雨の街守り得し法の権威とは何

14

北の海から拾い来りて母のため海星《ひとで》の指は継ぎ合わされぬ

ピアノの音が跳ねまわっている午過ぎの部屋なりしかば母直ぐに去る

もてあそぶ枕の上の栗の毬白髪《いがはくはつ》冴えて癒えそむるころ

いきいきと眼《まなこ》をわれに向けながら梳る《くしけず》こわき朝の白髪《しろかみ》

髪結び処女《おとめ》のごとし朝々を鏡の前に立ちて嘆くとも

15

暁に声なく死にし日めぐり来て天国という語彙をはかなむ

思いいずるいよいよ稀にならん時版画を賜びぬ君を写して

その母の編みしネクタイを著《つ》けて過ぐわれはわれのみの喪の章《しるし》とし

降る雪にゆく貨物車の警笛の狂えるごとくしげきこの夜半《よわ》

16　雪のカプリチオ――その一

掌《てのひら》に息はきて待つ　長身の緑衣《りよくい》の人の来り添うまで

約しある二人の刻《とき》を予《か》ねて知りて天《てん》の粉雪《こなゆき》降らしむるかな

手をとりて雪くぐり行く幾組に続かんとして襟立ててやる

雪塊《ゆきくれ》の砕けていたる踊り場に互いに帽の水切りて立つ

しばしばもとどこおる声レクラムを雪の明りに二つ拡げて

雪の影窓に群らがり飛ぶときにはからずもわが声は亢ぶる

暗黒《あんこく》より降り乱れくる雪すべてわれらに向きて漂うらしも

皮膚の内に騒立ちてくる哀感を伝えんとして寄る一歩二歩

前後から警《いまし》めあいて渉りゆく轍《わだち》の縞の限りなきかも

17 雪のカプリチオ——その二

音立ててはねあがる枝限りなく一つの森の雪融の刻《とき》

一筋に森へ導く雪の道踏みしだきゆく我らのみなる

打ち交す雪の飛礫《つぶて》の尽きしときなお深く入る道に連れ立つ

転び伏し雪のなかから伸ぶる手は歩みよるわが力を待てり

黒く巨《おお》きく梢をたちて翔けあがる真昼の雪のしずかなるなか

廃井《はいせい》に冬木菟《ふゆみみずく》を覗かんとわれらの指は組み合わされつ

18

＊マキは、ある年の冬、わが家に寄寓せし犬の名なり

わがマキの負けて帰りて叫ぶ声眠りに入らん母を悲します

一片《ひとひら》の光を掬い持つごとし癒えて許されて書ききたるもの

病み果てし母の領野へ群れくだる妖しき一隊の山うさぎあり

かの庭の真冬に咲かん何と何長耳《ながみみ》どもの飢えを救いて

瞳《ひとみ》やさしきマキの護りを嗤《わら》いつつ花喰い荒す夜半の野兎

かろうじて生きしぬぐものを憎しまず彼ら去りゆく春を待つ母

癒えて歩む母と兎と薔薇の花ひそかに冬の Trio とも呼ぶ

19 僕とインドシナ

黙々と目醒めつつありという地域ただ黄に塗れりわが持つ地図は

陥つる日のはやきをねがう一人とし午後来り読む古きアトラス

闘うは人民とのみ短きにいずへに動くその知識層

＊

枕辺に灯を近づけて説くしばし紅河をたどるその指の先

今よりのみずからの道賭くるごとディェン・ビェン・フー攻防を見守ると告ぐ

ひたすらに行為の優位《ゆうい》説く声に己れに向うごとくいら立つ

雨季を待つ谿間《たにま》の布陣《ふじん》図にしつつわれを危ぶむその立場から

パジャマの腕のべて書き合うはげしき文字市街戦略図に書き重ねゆく

出でて来て夜半《よわ》の緑に囲まるる　泥濘戦を幻として

20

わずか得し宵の時間を充てんとし《古事記》を選ぶまでのたゆたい
抜けて来し迷路のごとき一区劃点鐘われを追い打ちて鳴る
すき透るあかとき闇に放ちやる虫火の色の星を背に負う
鬚垂れて敏《さと》きゴキブリおのずからわれの目覚めん夜明けまで居よ
換気していし小窓閉ず未知なれば光れる明日のありと信じて

21 屋上相聞

夜すがらに眠らざりける魂のしずまるごとし臥す山羊と居て
風迅き午すぎ出でてゆくわれは確証ひとつ摑まんとして
愛恋と昨夜は知りて別れしを何故《なにゆえ》まどう此処に来てまで
ひしひしと冬樹《ふゆき》のかこむ窓は見ゆこころ或いは不在をねがう
蒸溜器まもり働くときに来つあざむきがたき己れと知れば

両頬《もろほほ》に刹那にあがる血の色を白衣の襟に埋めんとする

この後に続かん道の意味を知らず心輝きて屋上に居し

白くまた黄に濁りつつ日は移り暫くののち掌《て》を解くわれら

ただひとり確約の場を見しものは靄に茫々と崩れいたる日

22

西日避けうつらんとして辞書かかうわが語学力衰えしかな

しろつめ草《ぐさ》の苗にまなこを遊ばせて受話器に君の声のするまで

うつ屈の午後を支えん霧雨の底を伝いてわれに来る声

いたわりて通話を絶てり求め合う半身とかの神話かなしく

あしたより啼き狂いいいし緬羊の晴間の芝を追われつつ来る

今しがた叱咤《しった》を浴びていしわれは昼木菟《ひるみみずく》に逢いて歩める

一夜いし甲虫いくつ発たんとす藍《あい》の暁《あかつき》のひとときのこと

23 少年採集行

学に芸にあせりの見ゆるわれのため日々を安息に充たしめ給え

＊

カラスアゲハ追いて白堊《はくあ》の丘を越ゆ少年愛恋を知るはいつの日

むざむざと奪い去らるる空想を絶てり少年が何か呼ぶ故

細部まで思い画きて憎むとき地平のごとく遠し彼らは

木の花の匂いのひびき　じりじりとスキバスズメガを狙うその網

さながらに息づきを聴く文字かなとその葉書たずさえて林へ

水浴を終え帰りくる山かがし灼けたる石を縫いてかがやく

とき色の慓悍の蜂まのあたり樹液したたかに吸いあげて去る

みじろがず樹液に酔えるカブトムシ雌ばかりなる寂し真昼は

クワガタの番《つが》いを見いで狂喜せし一木も老いぬああ樹液涸れ

一瞬にからみ合い地に帰りゆく夜鷹のそれを見たり　息づく

とつとつと喚《さけ》びをあげてうずくまる夜鷹もまもる塚も昏れたる

忘れゆきし野球帽手に追い歩む少年はまだバス待ち居らん

＊

病む母と居て一夏を過ぐことの最後とならん起き伏しにして

24

わがコート羽織りて人はものものしわれの寡黙をいぶかしみ立つ
何処《いずこ》にも太陽の居ぬ天の下湧く海鳴りを人は怖るる
丁々《ちょうちょう》と貝の飛礫《つぶて》を海に打つ待ちあぐみ呼ぶ声を聞くまで
執拗に沙《いさご》を襲う鴉見ゆ次第にあらあらしわが感傷は
膝に降《ふ》る葡萄のしずくしげき時遠い世界から渉り着く千鳥

傲然《ごうぜん》と砂丘《さきゅう》に拠《よ》れる鴉らに浜を還《かえ》して立ち去るわれら

＊

砂かげに息《いこ》わんとして顧《かえりみ》ぬ瞳《ひとみ》にたたえらるる放恣を
土色の濁りの底に鳴りつづくその海よりも人は激しく
警《いまし》めて啼く鴉らと諸共に嫌われており傍《かた》えの人に
身を灼きし追憶もいまは葬《ほふ》らんに海を唯一の証人として
走りくる波に怯《おび》ゆる女身《じょしん》ゆえわが手に撓《しな》うあわき香をして

和を遂げしわれらと一隊の千鳥とが潮《しお》のけぶりの中に行き逢う

斉唱——一九五五年

1　Prolog

夜半《やはん》旅立つ前　旅嚢から捨てて居り一管《いっかん》の笛・塩・エロイスム

背の真央《まなか》にうずく〈階級〉の烙印をねがわくは消せ　泉の沐浴《ゆあみ》

湧く水に蓬髪垂れて口漱ぐ　ここ過ぎ行きし先行者らよ

乗り捨てし灰色の騾馬《らば》ひきかえし行けり　退嬰をひさぐ巷《ちまた》へ

2

漸くに岐路に立ちすくむ思い湧く確約避けて別れ来にけり

病棟の囲む芝生の小さきにわが眼さまよう思い決まるまで

枝長き夜半のみどりの吹き靡く退嬰われを去りて幾日

3

常磐線《じょうばんせん》わかるる深きカーヴ見ゆわれに労働の夜が来んとして

後《のち》幾たび会わねばならぬ死のひとつ　暁《あかつき》ガスの火を閉じながら

眠られぬ又眠らざる夜がゆきてイリスは花を巻きて汚《よご》るる

その母にきびしき予後を説かんとき汗うくごとき声を重《かさ》ぬる

肺尖《はいせん》のくもれる写真届きつつ少年工は幾日来ぬまま

夜半《よわ》ちかく仕事終え来る少年の真冬汗ばむシャツを脱がしむ

立ち会いし死を記入してカルテ閉ずしずかに袖がよごれ来る夜半《よわ》

口のへに含める薄き笑い見てひとつ感情を押しころすとき

聞き咎む〈武装蜂起〉という語より組織の人と知りて向えり

患者の名あやまち呼びて寂しき時余熱を保つ滅菌器《シムメル》を抱く

ナロードを〈われら〉と訳す試みも聞き古りて一つ布団に眠る

芝に来て再びを読む熱き文字いつしか我れは追い越されいつ

吹き落され吹き倒されて立つ煙限りなし雨の小企業の街

モルヒネを待てる擬態《ぎたい》か苦しげのこの顔と名を記憶にさぐる

職制にふれて問うとき寡黙にて注射待つ少年靴工ひとり

すくすくと錐をかたどる若萌えに持てあましおりおのが惑いを

われさえを一翼とみて迫り来ん黒き力のまざまざとして

傍観を幾歩か脱《だつ》し立つ位置に復《ま》た生きてゆく方位喪《うしな》う

4

骨骼の未熟なる肩並《な》めて去る夜半《よわ》に及ばん労働のなかへ

日本の革命か自国の独立かいさかい継ぐと　五原則以後

ことごとく党の弱さに帰して言う酔うごとく又さいなむごとく

悪びれず日本人を導き来てきびしき岐路に立ちまよう君ら

うす汚《よご》れたる視界を距て退嬰を呼びやまぬ魔のごときその声

5

緑ふかき眼を持つ猫をはべらせて人一人追う策立てており

君を呼ぶ電話にあとを絶たれたる会話は何を伝えんとせし

幼児の吐物にまきしクレゾール脈触れているたゆき手を伸べ

卓へだて心とざされおわる時明日の闘いの中に君居《い》ず

ドアから追い返さるる青年は内通か屈身か見て過ぎんのみ

甲《よろ》いたる思想の底にたぎるもの個の憎しみに触れて黙しぬ

脱ぎすつる固き靴下夜の更けの電話に備えシャツのまま寝て

肩ふかき疲れを言いて立ちいでぬ熱だしている被告をみんと

言いつのる時ぬれぬれと口腔みえ指令といえど服し難きかも

清く身を退《ひ》くなど次第に思わざる月の出近く汚《よご》れゆく空

表札をあわい灯りによみながら露地ふかく病む旗手のもとまで

暗くつながるギルドのなかの個の行方　空洞抱《だ》いたまま来ぬ少女

誘い合つて夜《よる》の祭典の座にあるもの寂しき明日の職場を言わず
おもむろに遠く立ちあがる樹木らの汚辱のごとき暗き枝見ゆ
一切の声にこたえん同伴と党とを限る位置に跪坐して
働きて支えし妻の喜びに職に就きゆく〈夜《よる》の組織者〉
底くぐり逃れゆく思想新しく忍びよる思想その背後の手

6

月あふれ差す窓いくつ背後にし人は訳し継ぐスラヴの兵の唄

喪いし愛恋われに語るなく訳詩に注ぐ血のごときものを

還りゆく兵の思いを唄うとき劇《はげ》しスタンザは妻との夜をよぶ

兵と兵嬬《つま》を争う古き譚詩何ゆえか革命ののちに唄うは

伝うべき旋律をもたぬ民族の思いはいたきその一人かと

意訳して衆におもねる歌詞を読む君ありて知る仮借なき原意

雪の下のゆがめる顔がうかぶかと読み終えしとき低く言問う

7

卓の上に撒き散らされる言葉から君を前衛とすでに信ぜず

クレゾールに手を浸《つ》けしとき強き声す内なる声は非情を湛《たた》え

アンプルの殻《から》に泡立つ雨をみて〈舌圧子《ぜつあつし》煮よ〉ただ一語のみ

ひつそりと転がつて待つ受話器までよこぎり歩む密議の部屋を

マッチの火紙片の地図を這いながらまた負う知らぬ新しき任務

月かげを浴びて苦渋の語をかさぬ電話はみどり児の予後を問う母

毛細管ふかぶかと血を沈め立ち宿直の夜のわれをかこめる

颱風のみちまつすぐに此処を指し児《こ》は吐き止まず銀の予感を

鳴りとよむ一本の樹の夜の声　いとけなきものの水を絶ち来て

病む幼児もおりおりそこに眼をやりて枝ことごとく嵐の中となる

襤褸《らんる》の母子襤褸《らんる》の家にかえるべし深き星座を残して晴れつ

朝鮮人居住区へゆく夜の道かなしきまでにわれは迷わず

警官に撃たれたる若き死をめぐり一瞬にして党と距たる
戦術の推移のかげに忘らるるかかる無量の血はそして死は
病み痴れし老いを遺せる射殺死をかれら端的に〈犠牲死〉と呼ぶ
のびて火を吐く権力の手の前方でけし飛んだ緋の蝶形花冠
自己批判の斉唱《せいしょう》のなか又きこえいんいんと死者の忍び嗤い
犠牲死のひとりひとりがいま立ちて吹き鳴らす昨日《きのう》の党への挽歌
冴えてゆく夜のオーボエ内訌と暴力の日の終りと告げて

うなじ屈して嘲弄さるる党員に轟々《ごうごう》とわが内なる潮《うしお》

細胞が責を負わんと声涸らす負いうるものと今は思わず

その口を覆いたきまで苛立つとも技術のみ売る非党員われら

語彙貧しき鮮人だからと知りながら刹那に抱くわが非情の語

8 Epilog

旅装しばしば烈しき雹に包まれし大峡谷を過ぎて歩める

負け犬の追い込まれゆく露路の奥いまだ昏々《こんこん》と〈近世〉眠る

因襲の底に組織をいそぐとき蝸牛さえ血の色の縞

運河地区は幾ときの後明るまむ　胎盤下げて海を出ずる月

夕映えにまみれんとして発《た》つ火蛾《ひが》の続きて発たん万を信じて

Intermezzo——それは又明日への*Overture*　一九五六年

1

＊野路子、連雀、柄長はともに、候鳥の名なり

冬の小鳥母の眼とどくあたりまで下りつぐ頃か便り絶たれいる
冬の日の丘わたり棲む連雀《れんじやく》は慓悍の雄《おす》いまも率たりや
ああわが耳狂い野路子《のじこ》の声を聞く冬葱《わけぎ》のうねに踏み入る地鳴《じな》き
幻の一隊の柄長《えなが》庭ふかく三角鐘《さんかくしよう》を連打して去る
母の内に暗くひろがる原野《げんや》ありてそこ行くときのわれ鉛の兵

父よ　その胸廓ふかき処《ところ》にて梁《はり》からみ合うくらき家見ゆ

まなこのみ今は闘う父と子に樹々さか映す部屋のあかつき

衰えし父を私室に訪《と》わんとしわが手のなかの乾かざる砂

2 囚われのMexico《メヒコ》——メキシコ美術展

囚われのメヒコは来《き》ぬと呼ぶ声のはげし耳慣れぬ清きをまじえ

数日ののち海へ行く青年を日時計の辺《へ》に待たせて歩む

*

携えてオルメック産ハガールの晩《おそ》き昼餉《ひるげ》に一握の銀

硝子越しに土製の犬を手なずけて少年耳のうら燃ゆるまで

背腹《はいふく》に汗　青銅の　Vagina より青銅の胎《たい》　砂にまみるる

唐もろこし畑《ばたけ》の夕陽《ゆうひ》　累々と地の淋巴《りんぱ》脹れ　水《み》づく死屍《しかばね》

蒙古斑《もうこはん》淡くなるまで生い立ちぬ今日内戦に父を喪う

絵の内外に鉄条をこばもうと血は暁の手背《しゅはい》をくだる

＊

武具つけぬ我ら為すなく　刺されたる半獣神の血のなかに佇つ

あと先になり神々の座をめぐる或る神からは蛇を購《あがな》い

ふりかえる時諸共にふりかえり画廊の果てに血みどろの馬

立ちあがる一瞬われの手を借りて花売りの背にあふるる国花

労働図めぐりわかるる評価の底おのおのの過去搏《う》ち合うひびき

わが口に根をはる蔦よ〈自画像〉の拳《こぶし》を纏《ま》きて忽ち素枯《すが》る

*

フレームを圧《お》して群らがる冬の花　互いに一人のメヒコを連れて

3　牧童日誌

一隊の私服が僕を閉じ込めた〈法の名により〉黄蜂の室《むろ》に

＊

暁白《ぎょうはく》に令状うすき字をつらねかれら部屋部屋に散りゆくランプ

容疑理由　牧笛不法所持および家畜騒擾《そうじょう》示唆《しさ》・堕胎致死

＊

背に肩に逆か立つ黄蜂　遠ざかる外のどよめきしびれゆく舌

樽ほどの蜂窩を仰ぐ　捜索はわが寝室に及びいん頃
マッチ擦る又マッチする　蜂どもを暗い夜明けの天に放つため

＊

脊椎に氷片と火をあてて強う押収ゆるす署名ひとつを
組織よりものうき民衆の立ち居よりもおのれひとりを救いたき今
踏み込まれ叩き起こされ軟禁され立ち合わせられ盗みさられ
蒼白の乳房を揺りて遠まきに見ていたるのみ山羊らかくろう

草に飢えて赫い牡牛よ犇々と靄の運河へ鞭うたれ去る

署名には永遠に否　ペン捨てて立つとき左右よりカメラ鳴る

血のいろにマスクを染めてこみあぐる汚辱の思い一瞬ののち

去りぎわの私服に挑む雄鶏《おんどり》を抱きしめており　遠い朝焼け

4 野葡萄挽歌——故相良宏に

西とおく怒りて走るその宵の茜より濃きもの喀《は》きて死す

友人簿からわれの名を消し去ると総身《そうしん》最後の汗にまみるる

喪の列の発ちたるあとに来て立てば捧げ得るものは一塊《いっかい》の罪

これを受けて溢れさす手はもはやない房《ふさ》重ねあう晩夏の木《こ》の実

一夜にて媼《おうな》となりし母と居て口腔あふれ越す声と声

鏡のなかで死んでいるのは誰であるか青々とただ空虚なる部屋

Bacillus の鎖骨のうらの斉唱《せいしょう》をわが声和すと思いて聴きしか

野葡萄を搬ぶ異装の一隊にまぎれて天に向いしとのみ

冬の花束――自一九四七年至一九五二年

1

休講となりて来てみるこの草地銀色の蟻今日も草のぼれ

音ひとつ玉虫掌《て》より立ちゆきぬ疎まれながら午後もあるべし

海の霧あかあかと立つ夕べにて冷たき飯をかこち出で来ぬ

入り来《きた》る誰も誰も煙草なく鐘の鳴るまで南窓に寄る

額には汗冷えながらわが立ちて花吹かれつつ昏るる栗の木

堪えがたく髪あつくなる時に又思いかえす一二行の訳《やく》

才能を疑いて去りし学なりき今日新しき心に聴く原子核論

のみ込めぬままに図表は消されゆき遠き席にて聴き終えて立つ

2

コミュニズムのための童話の国恋いて稚かりけり共鳴の日々

まざまざと叛かるるものを感じつつ手を挙げし歓呼の中を出で来ぬ

よごれ果てて狭き論理よ君の字故《ゆえ》壁から壁へ読んで廻ってゆく

時には変化欲しくなり頼まれし留守居にゆくラムプポケットにして

閉じ込められて漂う黄の蜂を落してしばし夕べの眠り

烈しく君が反動と呼ぶものを守る唯一として父はあり

洋服掛しばし鳴りいてそこを去る酔いて帰ればひそかなる父

酔いながら父は帰りぬ　つねよりも荒き語調に〈赤〉を忌みつつ

㊙《まるひ》の小冊子父は見せて去る党にかかわりなきを確めて

ミルクとりて明るき卓に寄り合えり互いに知らぬ日々生きし後

左傾してゆくを見守りし一年か既におくれしいらだちもなく

人死にし事件の度のパンフレット伝説に似る真実《まこと》伝えて

こぼれいし水にて書ける文字も図も消えゆくままに卓を去りたる
紅《くれない》にマッチにわずか燃ゆる芝問いかえしつつ党のその後

3

ひつじ草《ぐさ》音たてて花閉ざしたり少し考えを変え立ちあがる

透くまでに露にしめれるすり硝子眠らんとして指を洗えり

わが髪の長きを笑い編まんとせし少女らのため聖句選びぬ

水色に美しかりし眼《まなこ》恋い夜更け書きつぎいし童話劇

濡れし眼を見交して佇《た》つ少女らに励まし手渡しゆくマーガレットの苗

風のなかから汝《な》が弾《ひ》く聖夜の譜を聞けり告げぬまま問わぬままに別れん

4

共に植えし薔薇のその後を告げきたるわが日日知らぬ故《ゆえ》の言葉よ

啼きかわし稚き山羊のいる芝に眠りの足らぬ身を伏して居き

部屋に一人の時の心は危《あやう》くて靄吹く宵の街に出でゆく

ことごとく臓器とられし兎よりなおいくばくの血を抜きてゆく

回路の意味わが訊きたきに漂いてブラウン管の螢光は消ゆ

朝鮮の戦い短く告ぐる宵写しつづけし骨模型図《シエーマ》ひとつ

おこたりを責めし手紙が或る夕べ死体の胸にありき読みにき

いつよりか屍肉の染みし白衣着て日差の淡き芝に向いぬ

5

眠られぬ母のためわが誦《よ》む童話母の寝入りし後王子死す

＊

ゴルフの球芝に散らして居る父に母の眠りを言いながら寄る

「流し場から芝まであさる鼠が居る」母はそれでも黙つている

あの風はコンクリートの壁をうちほら又打つよと告げてやりたる

性明るき弟と較べられながら母を笑わすための仕種《しぐさ》よ

ベッドの上小供のように小さい肩明日の日のための禱りが洩れる

6

死にて還りし軍夫の数を争いてとぎれとぎれの軍裁《ぐんさい》ニュース

捕われし者を英雄視する声さびしく聞きて幾週を過ぐ

朝《あした》みし表情すでに信じ得ず芝を去り来てあう街の雨

鳴る楽のわれにうつろになりきたり絶えざる悔を母知らざらむ

7

海の香はようやくしげくなりながらセツルメントへ道折れてゆく

港湾ストの流血に備え集いし日おのずから君立場選びき

技術のみ買われ働くと言うを聞くいつか来む日の吾が言葉とも

治療のひま書きためし反戦ビラもちて少女ら短き影ひきて行く

吾が書きしビラの藍色冴えつつぞ気弱き意志に平和希う文字

＊

戦いを創痍《そうい》とせざる年齢差戦いの後に学び来て思う

流れ作業の機関砲材果てしなく夜々逃れ来て壕《ごう》に眠りき

学生服着て砲組みし一年が常に吾らを異《こと》ならしめん

帰独せぬ亡命作家の一群を歯切れよき言葉重ねつつ責む

忽ちに鋪道かがやく夜の雨《魯迅》探してゆく街々に

8

型《かたち》崩れて脳髄切片ならぶ卓仮借《かしやく》なき問に答えて佇てり

啼く声はふるえを帯びて透りつつ雨の芝生に手術待つ犬

死屍《しし》の腸こもごも洗いきりて提ぐしぶきに寒しこの一隅の

何を言うかという表情に立ち向う我が得し限りのデータ並べて

蛔虫の卵巣ひらく指さばき人の間より見届けて居ぬ

丸くなりし鉤虫ひとつひそかなる速き死を見てレンズを上げつ

肩寄せて囲める卓に剖《ひら》かれゆく鴇《とき》色清き糸状輪卵管

つぎつぎに啼きいずる犬の中ゆきて欲しきかな巾ある思考力

9

枯芝に風ありて移りゆく山羊の輝くときに何希《ねが》うなく

冬となる丘のいくつを過ぎて来て夕べ褐色に濁る眼を見き

灯の下にあふるるばかり微笑めば一日伴うこの須《しゅ》ゆのため

谿《たに》のまほらの如き光は墓地に差し頬の翳りの美しきとき

読み終えしモーパッサン置きて旅発ちぬ癒えゆく母の眠りし後に

露の玉一夜《ひとよ》車窓にあることも病む鋭さを見て来《こ》しことも

＊

ひとり私かに処理して告げぬ悔もあらん淋し弟と父を訪《と》うことの

臆しつつ世に順《したが》いし技術者を父に見き今はそれさえ恋おし

母の病む家政の中に育ち来て戦いを中に十幾年か

ガス暖炉長き焔を噴く傍え母のため春を待つという結論

10

麻酔利《き》きそめし鼠はしらじらと卓に群れつつ尾を挙げてゆく

蛙の血シュルツェをとおし浸みながら問いかえしメモす毒投与量

いくつかの数値メモより拾いおり吊りし心筋の衰うるとき

アミノ基が離れて毒となる機作《きさく》あくがれてゆく春を待つ日日に

11

宵々に風にのり来る聖誕歌待つ時母のあどけなきまで

戦争に与えし新しき解釈を交易しあうのみに今宵も

文学の望み絶ち記者となる噂種《しゅ》の死に絶えてゆくを見る如

一人又一人職に就き屈したり訃を伝え聞く如き寂しさ

闘争のモデル工場となりていし前後を綴り劇《はげ》し数行

啼きうつる鶲《ひたき》の声を書きとめて午後部屋に居る幾日ぶりか

立ち入りて過去問いただす夢なりき夜露の窓にかこまれて覚む

硝子ごしに描線淡き横顔を見つつ歩みを速めつつ呼ぶ

蒸溜水作りていたり窓の隅したたる露の長くなるまで

12

ヴェランダに岩波文庫持ちて出づどの一人とも親しからざれば

氷の中差し込みてある試験管昼の休にひとり見に来ぬ

きらめきて水銀柱の昇りくるを待てりオーバーに足をくるみて

一年の淡き交り寄りきたる誰にも淡き笑顔を向けて

*

何もかも言いて去りたし年齢を超えしつながりを信じ来しことも

会いて足るなきは齢《よわい》の差とも知りひとり群衆をわけつつ帰る

弟に秘めて逢いたる幾月かこと過ぎてのち言うこともなく

きれぎれに裂きし紙片よ又幾日苦しまむ昨夜一夜の故に

連雀の剥製貰い来《こ》し弟よわれの寡黙をゆるせ今宵は

愛憎の退《ひ》きたる如き寂しさは朝日くぐもるしばらくの間

吾が嘗ての言葉を引きて責めきたるそのいずこにも記憶なき今

しばらくにして雪降り絶えし空間に畳句《ルフラン》を呼ぶ頬白一羽

＊

吾らのため晴れあがりたる空仰ぎ速き会話をかわしつつ居る

生きている干潟の河豚にかがむとき頬にひらめく色を見たりき

弄びて飽くなき性《さが》にも遠ければ沙くずしゆく蒼き干潟へ

雲雀がほら又一つ点になつて黄色い太陽へのぼつてゆく

君はやがて帰りつき厨に立つならむ家族の中にある時は如何に

＊

暁に必ず海の見ゆる旅母を看とりにゆく幾たびぞ

寄りて来《き》ぬやがて寄り行きし心理さえ一夜の旅の後に果敢《はか》なく

13

病む心はついに判らぬものだからただ置きて去る冬の花束

薬包紙を鶴にしている兄弟達その中でどつと母眠り込む

ちくちくする草に寝ることも能わねば草に寝る感覚を話してやる

俺の今宵の嘆きは母にだけ告げたいが葉書一杯部屋を画き贈る

掌《て》に二輪踏むかぎりなき花げんげ母に添いつつゆきたきものを

＊

寝る前の祈りを母としつついる父待ちて暗き廊下に立てり

午後或いは母の見ている時ありて日に日に花の汚れゆく花壇

何よりも軽い労働が母によくせめて欲し花を育てうる体力

咲く花はその日のうちに剪らしめて痩せたる薔薇を護りきる母

しずくする夜半の湯殿に足洗う言うを避けたる言葉又言葉

家族みな僕《しもべ》の如きしずけさに寝入らむとする母をめぐりぬ

14

あらあらしく振舞う一面を知りてゆくその一面のあわれ恋おしく
白きまで空の輝く日がつづき日毎のハガキ日毎応えゆく
雨頭巾《フード》の蔭顫う唇を見守りぬいかなる言葉がいまを救い得ん
椅子に居て時々声をかけて来る吾を独りにしたくないらしく
昼顔の群落に降る雨を言い掌にのせてやる冷たき花を

身を擲《う》ちて愛慾しずむる画面うつり忽ち暗く責められて立つ

傍らにまどろまんまで心和ぐ一わたり気持を聞いて了えば

歩みつつ髪束ねいる指の動き見ているときの淡き恥《やさ》しさ

水の如かがやく空に乱れたつ昨日も今日も櫟ひと本

海鳥を見にゆく誘《いざな》いにまた迷う危《あや》うき性《さが》はひとり知りつつ

15

生活を賭けざりし一人か今日よりは刹那刹那の寂しさに堪う

敗北は予《か》ねて思いき長き日に敗北はわれを培いて来ぬ

留守にせしいきさつは苦き名刺二枚片膝つきて拾い上げたり

還りつくべきは学問の世界にあり必ずありと激《げき》し来るなり

あとがき

かつて、友人たちとともに、《未来歌集》をつくったとき、私は、その短い自序のなかで

目下僕は、失敗を覚悟で、技術的な冒険を試みたいと願っている。

と書いた。いま、私は、こういう気負いからはかなり距たつた地点に身を置いて、それを冷然と見おろしている自分を感ずるのであるが、それにしても、この言葉は、たんに稚気と客気に満ちた、そのとき限りの念願の表白とだけ言つてすぎてしまうには、少々、誤解をさそう要素をもちすぎているようである。というのは、最近になつて、私の作品——とくに、この本の〈斉唱〉〈*Intermezzo*〉の部分——が、多少、友人たちの注意を惹き、その話題にのぼるようになつてから、試みとか実験とかいつた風の評語が、動機あるいは企図に対する過分の賛意と、結果あるいは完成度についての幾分の疑念とをこめて発音されるのを、しばしば耳にするようになつたか

らである。ありていに言つて私は、そういう際、反射的に、あの昔書きつけたことのある自序の言葉を想起して、いたく当惑した。否、むしろ、内心、ただちに、抗議の姿勢をとつたのであつた。いまの私は、試行錯誤という語のもつている弁護力のようなものに甘えて、明確な方法意識に立つことのないアナーキスティックな制作行為を許容し合法化しようとする態度を、はなはだ憎む。いかに、表面、はなやかな行動性を帯びてもつていても、所詮、試行は試行にほかならず、錯誤は遂に錯誤（あやまち）にすぎぬ。そもそも、〈失敗を覚悟で〉する〈技術的な冒険〉などと、ナンセンスだ。私は、一回きりの思想を、一回きりの表現の中に定着しようと、その時どきにもちあわせている渾身の力を行使するだけのことである。

もうひとつ、ここで注意を喚起しておきたいと思うのは、戦後、近藤芳美に対して、入れかわり立ちかわり、大体きまつた角度から、きまつた射程の攻撃をあびせて来たFormalistの一群のことだ。かれらの放つ矢には、なるほど、たつぷりクラーレか何か塗つてあつたろうが、伴つて鳴る軍鼓の響ばかりが、いたずらにかまびすしすぎるためか、あるいは、つねに矢が後方から（後方からというところが特徴的だ）とんで来ると相場がきまつてしまつたためか、当の近藤芳美をわずかに苦笑させるだけに終つて、一向に、効力がなかつた。ところで、この私の本は、多少かれらにわかりやすい問題をもとりあつかつているので、あるいは、私も、この機会に、かの愛すべきFormalist諸君と、戦闘的友好関係にはいることになるかも知れぬと予想して、実は、内心、期待の戦慄を禁じがたいのだ。むかし、私は、芳美を論ずるついでに、その種の陽気な先生にからんで物を言つたことがあつたが、相手がまるで気附かずに過ぎてしまい、他人を弁護しながら書くというやりにくい立場をいまさらながらかこつたものであつた。私が、いままで雑誌〈未来〉に書いて来た雑文のたぐいは、ほとんどすべてポレミカルな姿勢をとつているのであり、いまだに二十代をまごまごしている年齢のせいばかりでもあるまいが、私は、芳美とちがつて、ポレミックを好いているのだ。私の期待の空疎には終らないことを切望するゆえんである。

ほぼ十年がかりで書いたものが、僅々百五六十頁のなかに、こうまでちんまりと納まろうとは、全く意外で、恥じ入るほかないが、これでも、意にそまぬものを多々加えねば、一巻の体をなさなかつたのである。〈冬の花束〉の部分は、もつとも旧い歌篇であるが、かつて《未来歌集》においてひとたび公にした内容と著しい相違はないので、遠慮する意味をふくめて、巻末に組んだ。海彼の詩人を引き合いに出すのは、私の柄ではないが、その点、たとえば、オーデン詩集（深瀬基寛訳）の自序などは、身に迫るものを覚えてよんだのであつた。

作品は、そのめぐりを、いかに抑遜の語でもつて囲もうとも、結局は、エゴの主張であり露呈である。一番あたらしい、身近な作品を一括して*Intermezzo*（間奏曲）と名附け、あるいはまた、*Overture*（序曲）と呼んでみたのも、この後につづく明日の日の表白をおもつて、ひそかに内ふかく恃むところあるからに外ならない。

一九五六年八月

岡井　隆

追記

＊この歌集の仮名づかいは現代仮名づかいを用いた。ただし、〈出づ〉だけは誤解をおそれて〈出ず〉とはしなかったこと、すべて、歌誌〈未来〉におけると同様である。

＊漢字は正字を使用した。

文庫版解説

鳥居

現在、作者は数千人の弟子を率いる世界最大規模の短歌結社の長であり、宮内庁御用掛でもあり、さまざまな名誉ある賞を受けている。しかし、『斉唱』におさめた歌を作った当時は十九〜二十八歳の青年。歌集刊行当時は「岡井君の作品は、坊ちゃん学生の遊戯に過ぎない。」との批評もあったという。『斉唱』が遊戯であるなら、私自身を含め、現在の若手歌人のほとんどの歌は遊戯以下ではないか。

『斉唱』の主な要素としては〈身近な人の死〉〈医学生としての生活〉〈家族〉〈政治との関わり〉〈宗教〉などが挙げられると思う。

表現上は次のような特徴がある。

まずアララギ系の近代短歌を手本にした素朴な歌い方から、前衛短歌を特徴づける象徴的な歌い方への変化。特に政治を詠んだ歌では、医学的な言葉や身体の言葉などが暗喩として使われ、また現実に起きた事件を、変換して歌っている。

次に、一首単位でなく、連作で表現されているものがある（「牧童日誌」など）。

その他にも色々な工夫がある。たとえば、動詞の選択から生まれる新鮮な自然詠

〈宵闇にまぎれんとする一本《ひともと》が限りなき枝を編みてしずまる〉など。

さまざまな主題や要素が重層的に絡み合うこの歌集だが、ここでは、とりわけ一人の青年としての主人公と家族・社会（他者）との関わりという点に注目し、私なりに読み解いてみたい。

「二つの世界」「斉唱」「*Intermezzo*」「冬の花束」の四章からなるが、制作時期はそれぞれ一九五三～五五年、五五年、五六年、四七～五二年とある。「アララギ」を基本とした素朴な歌い方から、前衛短歌の象徴的な歌い方への移行期にあたることは今も述べたが、作者のもっとも旧い時期の歌群は、終盤に載っている。この時代に起こった出来事に思いを馳せることで、歌を作りながら生きる以上、世の中の動向と無縁ではなかったであろう一人の歌人、あるいは主人公の多面的な姿を見せるような歌集ともいえる。時間が作者にどのような変化をもたらしたのか、注目しながらこの歌集を楽しむこともできる。

＊＊＊

北の海から拾い来りて母のため海星《ひとで》の指は継ぎ合わされぬ　「二つの世界」

母の為に拾ったヒトデの欠けた指を継ぎ合せている、という場面を詠ったこの歌には、母親へのやさしい眼差しが感じられる。このような母に対する眼差しも、この歌集の印象的なところだが、主人公は母の痛みにも深く思いを寄せている。

　鱈の骨噛みわけながらこの寒波ぎりぎりと母を攻めいるならん　「二つの世界」

冬の寒さと、雪の字が含まれる鱈。ぎりぎりという音から、骨を噛みわけるような音と、寒波が母を攻めている感じが想像される。

歌集を読み解くに、主人公の母親は病を抱えていて、花が好きな人なのだと思う。「二つの世界　18」では、病床にある母の心を和ませるように、庭に花が咲いている。それを愛犬の威嚇も虚しく、夜な夜な野兎が喰い荒らしてしまうという。

　病み果てし母の領野へ群れくだる妖しき一隊の山うさぎあり

どこか夢を見ているような幻覚めいた印象である。

次の歌は、作者の母親が精神的な病を抱えていて、名古屋の病院で電気ショック療法を受けられた頃だったと、ご本人から直接、作歌当時について教えてもらったことがある。

　母の内に暗くひろがる原野《げんや》ありてそこ行くときのわれ鉛の兵　「*Intermezzo*」

作者あるいは主人公にとって、父親はどのような人だったのだろう。一家の大黒柱という言葉があるが、父は〈家族〉あるいは〈家〉への責任感の強い人だったのかもしれない。

父よ　その胸郭ふかき処《ところ》にて梁《はり》からみ合うくらき家見ゆ　「*Intermezzo*」

この歌集では、主人公が政治活動に近づき離れて行く様子も描かれている。父親は、息子が政治活動に関わることを快く思っていないらしい。それでも主人公は革命のために活動をつづけた。そうして一年。家族といえど、わかちあえない時間を互いに過ごしてきた。

眠られぬ母のためわが誦《よ》む童話母の寝入りし後王子死す　「冬の花束」

ゴルフの球芝に散らして居る父に母の眠りを言いながら寄る

他者同士である家族が、それでも家族でいつづけようとすること。些細でささやかな気遣い。当たり前のことかもしれないが、私には、それらが、とても尊いものに感じられる。

ミルクとりて明るき卓に寄り合えり互いに知らぬ日々生きし後　「冬の花束」

精神病を患う母、わかりあえない父、政治活動に傾倒していく息子。それぞれが将来に不安に感じていたのかもしれない。

ガス暖炉長き焔を噴く傍え母のため春を待つという結論　「冬の花束」

それでも、「春を待とう」と結論を出したあとに、「毒」の歌が置かれる（「冬の花束　10」）。このような歌の配置にも注目して読んでいきたい。「毒」の歌群のあとには次の歌がある。

文学の望み絶ち記者となる噂種《しゅ》の死に絶えてゆくを見る如　「冬の花束」
一人又一人職に就き屈したり訃を伝え聞く如き寂しさ

やりたいことと就職の狭間で悩む若者の姿は、現在でも共有できる心情だと思う。

病む心はついに判らぬものだからただ置きて去る冬の花束　「冬の花束」
薬包紙を鶴にしている兄弟達その中でどっと母眠り込む

この二首の前に、「頬白」「雲雀」など何首か鳥の歌があることも興味深く読んだ。

寝る前の祈りを母としつついる父待ちて暗き廊下に立てり　「冬の花束」
臆しつつ世に順《したが》いし技術者を父に見き今はそれさえ恋おし
何よりも軽い労働が母によくせめて欲し花を育てうる体力

季節は移ろい、主人公の母親には、もう花の手入れをする体力も、ないらしい。

午後或いは母の見ている時ありて日に日に花の汚れゆく花壇　「冬の花束」
咲く花はその日のうちに剪らしめて痩せたる薔薇を護りきる母

時々、母は窓から花壇を見ている。汚れていく花壇をかなしく思っているのかもしれない。せめて、健康の為にも、花の手入れができるくらいまで体力が回復したら良いのに。

家族みな僕《しもべ》の如きしずけさに寝入らむとする母をめぐりぬ　「冬の花束」

家族は今、母を中心にまわっている。眠りにつこうとする母を、従者のような静けさで見守る。

＊＊＊

ことごとく臓器とられし兎よりなおいくばくの血を抜きてゆく　「冬の花束」

型《かた》崩れて脳髄切片ならぶ卓仮借《かしゃく》なき問に答えて佇てり

啼く声はふるえを帯びて透りつつ雨の芝生に手術待つ犬

家族と離れ、主人公は病院で働くようになる。そこで患者たちを見ながら、貧富の差や、社会構造について、日に日に考えるようになる。

常磐線《じょうばんせん》わかるる深きカーヴ見ゆわれに労働の夜が来んとして　「斉唱」

後《のち》幾たび会わねばならぬ死のひとつ　暁《あかつき》ガスの火を閉じながら

肺尖《はいせん》のくもれる写真届きつつ少年工は幾日来ぬまま

立ち会いし死を記入してカルテ閉ずしずかに袖がよごれ来る夜半《よわ》

カルテに「死亡」を記入した自分の腕が、だんだんと汚れてくるような感覚に襲われる。カルテに記入した死は、どのようなものだったのだろう。劣悪な環境で働いたために体を壊した人、治療費を払えないために病院に通えない人、そのような人もいただろう。

この後の歌群には「党」「組織」「思想」とつながる歌が並ぶ。そのような社会詠と並行して、医師としての歌が散りばめられている。

主治医に向けし批判は徹し給えこの日本の貧しき限り　「二つの世界」

「命」と「社会」は切っても切れない関係なのだという主人公の目線には誠実さや説得力が出ているように思う。そして、苦しい場面においても美しい詩的さを失っていない点にも注目したい。

颱風のみちまつすぐに此処を指し児《こ》は吐き止まず銀の予感を　「斉唱」

襤褸《らんる》の母子襤褸《らんる》の家にかえるべし深き星座を残して晴れつ

疲れた心身を労るかのような自然詠も美しい。

さながらに息づきを聴く文字かなとその葉書たずさえて林へ　「二つの世界」

透くまでに露にしめれるすり硝子眠らんとして指を洗えり　「冬の花束」

窓の外の露と、意識がつながっているような感覚が美しいと思う。

いつよりか屍肉の染みし白衣着て日差の淡き芝に向いぬ　「冬の花束」

構内の芝生がある公園のような場所だろうか。淡い光が緑に射している。その光を受け止めるように白衣の青年が現われる。穏やかな色合いだと思う。清潔で汚れのない白衣であると同時に、その白衣は、屍肉の染みた白衣なのだ。目で見える景色と、目には見えない景色とが、同時に浮かぶ。

　果肉まで机の脚を群れのぼる蟻を見ながら告げなずみにき　「二つの世界」

机上の果物を目指して、蟻が机の脚をのぼっている。そして、僕には告げられないことがある。上句は風景の描写だが、下句は主人公の心象へと移り変わっている。場面転換がさりげなく行われ、読み終えた頃には、上句の風景描写さえも、主人公の心象風景だったのだろうか、という気分になる。

社会詠にも色々なバリエーションがある。なかでも「*Intermezzo*」の中の「牧童日誌」はとても好きな連作だ。しかし、説明するのが難しい。ここに描かれていることが現実なのかすら、わからない。わからないように書くことで、書けることがあったのかもしれない。それは、言論の自由が奪われた際に、隠語を使って真実を伝えようとする姿に似ている。連作だからこそ生まれる表現があるのだろう。一連のはじめに、詞書のように〈一隊の私服が僕を閉じ込めた〈法の名により〉黄蜂の室《むろ》に〉の一首が掲げられているが、私服とは、私服警察官をあらわしているのだろうか。

　暁白《ぎょうはく》に令状うすき字をつらねかれら部屋部屋に散りゆくランプ

マッチ擦る又マッチする　蜂どもを暗い夜明けの天に放つため

去り際の私服に挑む雄鶏《おんどり》を抱きしめており　遠い朝焼け

挑もうとする雄鶏を抱きしめる行為は、口に出したい思いを堪えて、胸に留めているかのようだ。そしてフェードアウトした先に見える、遠い朝焼け。一字空けの効果だろうか、ふと顔をあげて遠くを見やるような、ひらけた空間が感じられる。

また、歴史の一瞬を捉えた作品として、塚本邦雄との交遊を詠った連作「囚われのMexico《メヒコ》　メキシコ美術館」や、福田節子のお墓参りに行った際の歌〈死にしのちは如何なる憶測も許されてうるさいですよ陰に日向に〉を含む「小平墓地」、「野葡萄晩歌　故相良宏に」や、「茂吉の死」などの連作がある。

社会詠では、昭和二十八年十二月の松川事件第二審判決や、医療施設でのボランティア、共産党の活動に参加するも次第に党の姿勢に疑いをもつ様子、警察の家宅捜査を受けた体験も詠まれている。

このように、さまざまな主題や要素が重層的に絡み合う『斉唱』は、歌だけでなく、歌の裏側にも思いを馳せさせる。とても語り尽くせない。なので、是非じっくりと読んでほしい。この味わい深い歌集が多くの人に長く愛されることを願っている。

さて、ここまで書いてきて、歌集の最後に置かれた歌〈還りつくべきは学問の世界にあり必ずありと激《げき》し来るなり〉を私はどう解釈したら良いのだろう。今後も考えていきたい。

本解説を執筆するにあたって大辻隆弘、吉川宏志両氏から多くのご助言をいただきました。感謝を申し上げます。

令和元年十一月記す

岡井隆略年譜

一九二八年〜二〇一九年

江田浩司編

昭和三年（一九二八）　0歳

一月五日、名古屋市の御器所《ごきそ》の産院で生まれる。

昭和九年（一九三四）　6歳

名古屋市立棣棠《やまぶき》小学校に入学。作文は小学校を通じて、クラスで一番であった。

昭和一五年（一九四〇）　12歳

愛知県第一中学校に入学。読書が徐々に習慣化して行った。読書の傾向には偏向があり、自然科学と文学を並行して読む。父の指導もあり、科学畑の方が多かった。

昭和二〇年（一九四五）　17歳

旧制第八高等学校理科甲類に入学。B29の空襲により、東区主税町の家は全焼。疎開先の四日市近郊の農家の一棟で短歌を作りはじめる。父が斎藤茂吉の弟子、母が土屋文明の弟子という縁で、両親の指導を受ける。

昭和二一年（一九四六）　18歳

「アララギ」入会。土屋文明選歌欄に投稿。杉浦明平の指導を受ける。

昭和二二年（一九四七）　19歳

夏休みを利用して上京。「東京アララギ歌会」に出席し、近藤芳美にはじめて会う。

昭和二五年（一九五〇）　22歳

上京。慶應義塾大学医学部に入学。

昭和二六年（一九五一）　23歳

「未来」創刊。事実上の処女評論「高安国世を試論する」を「未来」に掲載。

昭和二八年（一九五三）　25歳

斎藤茂吉死去。父の代理で通夜に参列し、棺の一端を担う。福田節子死去。追悼号を編集・刊行。合同歌集『未来歌集』（白玉書房）。

昭和三〇年（一九五五）　27歳

慶應義塾大学医学部卒業。「未来」編集に復する。塚本邦雄との文通をはじめる。

昭和三一年（一九五六）　28歳
インターンを終え、北里研究所付属病院医局に入る。第一歌集『斉唱』（白玉書房）。

昭和三二年（一九五七）　29歳
新宿区柏木に転居。吉本隆明と論争。医学の特に病理学の勉強に熱心になる。

昭和三三年（一九五八）　30歳
目黒区中目黒に転居。「未来」の編集から離れる。

昭和三五年（一九六〇）　32歳
「短歌」に「現代短歌演習」の連載をはじめる。岸上大作死去。

昭和三六年（一九六一）　33歳
第二歌集『土地よ、痛みを負え』（白玉書房）。慶應義塾大学医学部から医学博士の学位を受ける。

昭和三七年（一九六二）　34歳
第一評論集『海への手紙』（白玉書房）。ガリ版ハガキ詩誌「木曜便り」発行。

昭和三八年（一九六三）　35歳
「未来」九月号から、再び編集を担当。『短詩型文学論』［共著＝金子兜太］（紀伊國屋書店）。

昭和三九年（一九六四）　36歳
第三歌集『朝狩』（白玉書房）。父の援助で、小金井市東町に家を建てて住むことになる。

昭和四〇年（一九六五）　37歳
市川哲夫と論争。「少年期に関するエスキース」「少年素描集」「少年断想集」など、回顧的な作品がふえる。

昭和四一年（一九六六）　38歳
『現代短歌66　アンソロジーと論集』（東京歌人集会編集）。

昭和四二年（一九六七）　39歳
第四歌集『眼底紀行』（思潮社）。『石川啄木の詩歌集』［編］（大和書房）。

昭和四三年（一九六八）　40歳
「短歌」の「戦後短歌史」（共同研究）がはじまる。村上一郎と論争。痔核のため貧血を起こし入院、手術。

昭和四四年（一九六九）　41歳

『現代短歌入門――危機歌学の試み』(大和書房)。

昭和四五年(一九七〇) 42歳
「現代詩手帖」に、「詩集月評」を半年連載。九州の各地を放浪する。最終的に、福岡県遠賀郡岡垣町に住む。

昭和四六年(一九七一) 43歳
福岡県立遠賀病院に、内科医長として勤務。

昭和四七年(一九七二) 44歳
『岡井隆歌集』(思潮社)。『現代短歌大系7』共著(三一書房)。

昭和四八年(一九七三) 45歳
『茂吉の歌　私記』(創樹社)。『辺境よりの注釈――塚本邦雄ノート』(人文書院)。

昭和四九年(一九七四) 46歳
愛知県豊橋市に移住し、国立豊橋病院に勤務。『新編現代短歌入門』(大和書房)。『茂吉の歌　夢あるいはつゆじも抄』(創樹社)。

昭和五〇年(一九七五) 47歳
読売新聞の短歌時評をはじめる。村上一郎死去。母死去。
第五歌集『鵞卵亭』(六法出版社)。

昭和五一年(一九七六) 48歳
『昭和萬葉集』(講談社)の企画編集に携わる。

昭和五二年(一九七七) 49歳
「短歌」に「歳月」一連を作り、歌壇に復帰したと言われる。

昭和五三年(一九七八) 50歳
第六歌集『天河庭園集［新編］』(国文社)。第七歌集『歳月の贈物』(国文社)。「前衛短歌の問題」を「短歌研究」に連載しはじめる。

昭和五四年(一九七九) 51歳
父と弟と、しばしばゴルフを楽しむ。目にみえぬ家族間ゲームがおこなわれていた。

昭和五五年(一九八〇) 52歳
父死去。第八歌集『マニエリスムの旅』(書肆季節社)。連載作品「人生の視える場所」を「短歌」に掲載。

昭和五六年(一九八一) 53歳
ＮＨＫ豊橋文化教室の短歌講座を受け持つ。

「アルカディア」（沖積舎）で、「特集　岡井隆の現在（岡井隆とは何か）」が組まれる。

昭和五七年（一九八二）　54歳

第九歌集『人生の視える場所』（思潮社）。短歌研究文庫『岡井隆歌集』（短歌研究社）。「未来」再建試案の作成、近藤芳美に採択される。NHK学園「短歌講座」開講の準備をはじめる。

昭和五八年（一九八三）　55歳

「未来」編集委員長に就任、七月号から「岡井隆選歌欄」出発。中日新聞の中日歌壇選者。第十歌集『禁忌と好色』（不識書院）により釈迢空賞受賞。弟の長子真夫《まこと》妻が、大韓航空機撃墜事件により死去。

昭和五九年（一九八四）　56歳

中日新聞朝刊コラム「けさのことば」の連載をはじめる。

昭和六〇年（一九八五）　57歳

第十一歌集『α《アルファ》の星』（短歌新聞社）。「ゆにぞん」創刊。「ライト・ヴァースについて」というシンポジウムを開催。南陽中学校の校歌制作。

昭和六一年（一九八六）　58歳

第十二歌集『五重奏のヴィオラ』（不識書院）。「ゆにぞんのつどい」を「遊びについて」というテーマで開催。十二指腸潰瘍により国立豊橋病院に約一ヵ月入院。

昭和六二年（一九八七）　59歳

『岡井隆全歌集Ⅰ・Ⅱ』（思潮社）。NHK学園海外研修中国の旅。

昭和六三年（一九八八）　60歳

ゆにぞん主催のシンポジウム「批評について」、前夜祭の歌合で判者をつとめる。第十三歌集『中国の世紀末』（六法出版社）。佐々木幹郎との共著『組詩　天使の羅衣《ネグリジェ》』（思潮社）。

平成元年（一九八九）　61歳

京都精華大学勤務。「未来」編集人になる。NHK学園海外研修ウィーン、ザルツブルク、オーストリーなどの旅。

平成二年（一九九〇）　62歳

第十四歌集『親和力』（砂子屋書房）により斎藤茂吉賞受賞。中日文化賞受賞。ＮＨＫ教育テレビ「趣味講座　短歌」担当。自選歌集『蒼穹の蜜』（沖積舎）。日経新聞歌壇選者になる。土屋文明死去。

平成三年（一九九一）　63歳
第十五歌集『宮殿』（沖積舎）。「現代短歌雁20」特集「塚本邦雄と岡井隆」（雁書館）。

平成四年（一九九二）　64歳
ＮＨＫ学園海外研修「鷗外『舞姫』の跡を尋ねて」の旅。宮中歌会始選者に決まる。

平成五年（一九九三）　65歳
歌会始の儀にはじめて出る。ＮＨＫ学園海外研修南部アメリカの旅。

平成六年（一九九四）　66歳
第十六歌集『神の仕事場』（砂子屋書房）。「御岳句会」参加。のちに『俳句という遊び』（岩波新書、小林恭二篇）の基になった句会。岩波書店の肝煎りで「へるめす歌会」始まる。

平成七年（一九九五）　67歳
『岡井隆コレクション』、その他、今までの業績により、現代短歌大賞受賞。

平成八年（一九九六）　68歳
紫綬褒章を授与される。第十七歌集『夢と同じもの』（短歌研究社）。ＮＨＫＢＳ２「短歌スペシャル（はじめ「短歌王国」と称した）」開始、選者担当。『岡井隆コレクション』全八巻完結、（思潮社）。

平成九年（一九九七）　69歳
詩集『月の光』（砂子屋書房）。教育テレビ「ＮＨＫ歌壇」開始、選者担当。武蔵大学白雉祭の詩人と歌人による朗読会で自作朗読。

平成一〇年（一九九八）　70歳
第十九歌集『大洪水の前の晴天』（砂子屋書房）。京都精華大学定年退職。ＮＨＫ学園海外研修オーストリー、ハンガリー、チェコの旅。岩波書店『短歌と日本人』（全七巻）の企画に参画。

平成一一年（一九九九）　71歳
第十八歌集『ウランと白鳥』（短歌研究社）

により日本詩歌文学館賞を受賞。『岩波現代短歌辞典』、『短歌と日本人』第一巻「現代にとって短歌とは何か」（岩波書店）。

平成一二年（二〇〇〇）　72歳

第二十歌集『ヴォツェック／海と陸――声と記憶のためのエスキス』（ながらみ書房）により毎日芸術賞を受賞。第二十一歌集『臓器《オルガン》』（砂子屋書房）。岩波書店の肝煎りで「乱詩の会」開始。NHK学園海外研修オランダ、ベルギーの旅。

平成一三年（二〇〇一）　73歳

「未来」発行人となる。第二十二歌集『E／T』（書肆山田）。NHK学園海外研修フランスの旅。「短歌朝日」五・六月号で「岡井隆という謎」が組まれる。弟、亨死去。

平成一四年（二〇〇二）　74歳

第二十三歌集『〈テロリズム〉以後の感想／草の雨』（砂子屋書房）。NHK学園海外研修イタリアの旅。NHK衛星放送テレビ番組「世界わが心の旅」出演のため、ウィーン、ミュンヘン、ドナウエッシンゲン訪問。「短歌」角川書店六月号「特集　岡井隆」。

平成一五年（二〇〇三）　75歳

NHK学園海外研修ドイツの旅。ゲーテ、ワグナー、バッハなどのゆかりの地を訪ねる。

平成一六年（二〇〇四）　76歳

旭日小綬賞受賞。妹、道子死去。第二十四歌集『伊太利亜』（書肆山田）。

平成一七年（二〇〇五）　77歳

第二十五歌集『馴鹿《トナカイ》時代今か来向かふ』（砂子屋書房）により読売文学賞詩歌俳句賞受賞。塚本邦雄死去。

平成十八年（二〇〇六）　78歳

『岡井隆全歌集』（思潮社）全四巻完結。第二十六歌集『二〇〇六年　水無月のころ』（角川書店）。近藤芳美死去。

平成十九年（二〇〇七）　79歳

『岡井隆全歌集』全四巻により、藤村記念歴程賞受賞。宮内庁御用掛に就任。第二十七歌集『家常茶飯』（砂子屋書房）。第二十八歌集

『初期の蝶／「近藤芳美をしのぶ会」前後』。

平成二〇年（二〇〇八）　80歳
詩集『限られた時のための四十四の機会詩他』（思潮社）。

平成二一年（二〇〇九）　81歳
第二十九歌集『ネフスキー』（書肆山田）により小野市詩歌文学賞受賞。日本芸術院会員に選出。

平成二二年（二〇一〇）　82歳
詩集『注解する者』（思潮社）により高見順賞受賞。

平成二三年（二〇一一）　83歳
第三十歌集『X《イクス》―述懐スル私』（短歌新聞社）により短歌新聞社賞受賞。第三十一歌集『静かな生活　短歌日記２０１０』（ふらんす堂）。

平成二六年（二〇一四）　86歳
第三十二歌集『銀色の馬の鬣』（砂子屋書房）。

平成二七年（二〇一五）　87歳
第三十三歌集『暮れてゆくバッハ』（書肆侃侃房）。

平成二八年（二〇一六）　88歳
文化功労者に選出。

平成三〇年（二〇一八）　90歳
第三十四歌集『鉄の蜜蜂』（角川書店）。詩人関口涼子との共同制作『注解するもの、翻訳するもの』（思潮社）。

令和元年（二〇一九）　91歳
歌集『伊太利亜』英訳：堀田季何・独訳：中川宏子（砂子屋書房）。

本書は昭和三十一年、白玉書房より刊行された。

GENDAI
TANKASHA

歌集 斉唱 〈第一歌集文庫〉
令和二年二月十日 初版発行
著 者 岡井 隆
発行人 真野 少
発行所 現代短歌社
〒一七一―〇〇三一
東京都豊島区目白二―八―二
電話 〇三―六九〇三―一四〇〇
装 丁 かじたにデザイン
印 刷 創栄図書印刷
定価 本体800円+税
ISBN978-4-86534-314-4 C0192 ¥800E